Cris Mazolla
Bico de Pano

Ilustrações de Cris Alhadeff

Paulinas

Dados Internacionais de Catalogação na Publicação (CIP)
Angélica Ilacqua CRB-8/7057

Mazolla, Cris
   Bico de pano / Cris Mazolla ; ilustrações de Cris Alhadeff. - São Paulo : Paulinas, 2024.
   24 p. : il, color. (Coleção Esconde-esconde)

   ISBN 978-65-5808-248-4

   1. Literatura infantojuvenil I. Título II. Alhadeff, Cris III. Série

24-2119   CDD 028.5

Índice para catálogo sistemático:
1. Literatura infantojuvenil

1ª edição – 2024

Direção-geral: Ágda França
Editora responsável: Andréia Schweitzer
Coordenação de revisão: Marina Mendonça
Copidesque: Ana Cecilia Mari
Revisão: Sandra Sinzato
Gerente de produção: Felício Calegaro Neto
Produção de arte: Telma Custódio

Nenhuma parte desta obra poderá ser reproduzida ou transmitida por qualquer forma e/ou quaisquer meios (eletrônico ou mecânico, incluindo fotocópia e gravação) ou arquivada em qualquer sistema ou banco de dados sem permissão escrita da Editora. Direitos reservados.

Cadastre-se e receba nossas informações
paulinas.com.br
Telemarketing e SAC: 0800-7010081

Paulinas
Rua Dona Inácia Uchoa, 62
04110-020 – São Paulo – SP (Brasil)
Tel.: (11) 2125-3500
editora@paulinas.com.br
© Pia Sociedade Filhas de São Paulo – São Paulo, 2024

Dedico esta história a minha avó,
Elzidia Gonçalves Nogueira,
com quem tive o prazer e o privilégio
de passar momentos muito especiais.
Ela contribuiu para minha formação
ao povoar a minha infância com arte,
brincadeiras e doçura.
Dedico também a meu neto,
Bernardo Cordeiro Faret,
na esperança de que ele, um dia,
me encontre em sua memória afetiva
tanto quanto eu encontro a minha avó!

Agradeço à Sophia,
vó da minha amiga,
que, ao ouvir meu relato,
sugeriu que eu o escrevesse.
Gratidão, Vó Sophia!

Eu ainda era menina do tamanho de não precisar ir à escola e, só por este motivo, com muita frequência, ouvia minha mãe dizer "sim" quando eu pedia:

– Posso dormir na vó?

A pequena casa ficava em uma rua sem saída, onde moravam muitas crianças, mas eu gostava mesmo era de estar sempre para dentro do portão. Ele era baixo, de ferro, e me parecia ser um bom cuidador de casa, de vó e de menina. A calçada de cimento era perfeita para meus infinitos desenhos de giz. Depois vinha o jardim, e lá, grudado no muro, o pé de amora. Adorava ajudar na colheita, quando era dia de fazer geleia ou de pegar uma, de vez em quando, e ouvir, lá da janela da cozinha, a voz da minha vó:

– Deixa essa amora aí, menina! Ainda não está madura!

– Ah, mas eu peguei do chão, vó. Acho que algum passarinho colheu e não teve força pra voar com ela. Que sorte a minha, né?

Na caixa de sapatos, que eu enchia de desenhos por fora e de retalhos de tecido por dentro, fazia a casa do passarinho comedor de amora, porque, se de fato ele viesse, eu nem precisaria inventar tanta história. Entre os sons da rua e de crianças brincando, de vez em quando ouvia o canto de passarinhos e corria para ver se algum deles tinha gostado da casinha que eu havia feito, mas sempre os encontrava sobre as plantas. Pensava: "É que ainda é dia. À noite, quando eles estiverem com sono e com frio, vão achar que a caixinha é um ninho e vão preferir dormir dentro dela".

No corredorzinho escuro na lateral da casa, eu passava correndo, com medo de ficar enroscada nas plantas e de dar de cara com os pequenos insetos que viviam por lá. Era naquele corredor que eu enfrentava as maiores e mais difíceis aventuras, apesar de preferir manter distância e, lá de longe, espiar a movimentação do vento transformando as plantas em balanço de grilos e bichos cabeludos.

Do lado de dentro da casa,
lembro-me da sala
que tinha cara de vó,
porque são as avós
que têm costume de colocar
toalhinhas de crochê
sobre os móveis.
Era ali que sentia
cheiro de madeira
e que deitava no sofá
para assistir a desenhos
e ler gibi.

Havia o quarto da máquina de costura
e me lembro do barulho que ela fazia.
Lembro também do movimento de
mãos e pés da minha vó e, de repente,
aparecia um novo pano de prato ou
uma roupinha de boneca.

Quando o bordado com ponto de cruz
ficava pronto, ela procurava a agulha
de crochê e pedia que eu escolhesse
a linha para fazer o bico do pano.

– E pano lá tem bico, vó? Quem tem bico
é o passarinho comedor de amora!

Quando eu voltava carregada de novelos de linha, pedia para ela fazer "casinha de abelha" nas roupas da minha boneca. Ela tinha feito nas minhas, quando eu era ainda menor.

– Roupa de boneca é muito pequena. Se couber "casinha de abelha", vai ser uma só; e acho que ela não vai gostar de morar sozinha.

– Ah, então faz aquela rendinha, vó?

Com a navete nas mãos, ela fazia aparecer nozinhos na linha e pedia para eu repetir o nome: *frivolité*. Eu a olhava, cheia de curiosidade e de admiração, e, alguns minutos depois, já tinha esquecido o nome difícil de decorar. Quando suas mãos silenciavam, como mágica, os nós pareciam uma rendinha. Eu aplaudia, a beijava e corria para mostrar à minha boneca o novo xale que ela acabara de ganhar.

Na pequena cozinha, na hora do café da manhã, combinávamos o cardápio do almoço:

– Quero arroz papa com ovo frito, vó.

– De novo? Ninguém sobrevive comendo só arroz com ovo.

Mas nós sobrevivemos.

No dia de fazer a geleia de amora, eu corria para ajudar. Gostava de ver a fruta se desmanchando na panela em meio ao açúcar, porque via desenhos se formando entre a fervura.

Mas o dia de fazer rosquinhas era o meu preferido. A vó fazia a massa e depois me deixava ajudar a enrolar. Eu fazia as trancinhas e, apesar de a mão pequena não favorecer muito, dizia para ela que as minhas tinham ficado muito mais bonitas. Ela sorria, concordando com o olhar. Era eu também a responsável por passar todas as rosquinhas no açúcar cristal, enquanto ela as descansava na assadeira. E a hora do café chegava e a rosquinha quente espalhava pela casa inteira um cheiro de carinho de vó.

Rosquinha de trança da Vó

Ingredientes:

1 quilo de farinha de trigo
1 ovo
1 ½ xícara de açúcar
1 xícara de óleo
½ colher (chá) de sal dissolvido em ½ xícara pequenininha de água
1 colher (sopa) de sal amoníaco
1 ½ copo pequeno de leite
Açúcar cristal para cobrir

Modo de fazer:

Misture tudo. Enrole em tranças. Passe o lado de cima no açúcar cristal e coloque na assadeira, com um espaço entre elas. Asse em forma untada até dourar.

À noite, no sofá da sala, ela sempre me deixava fazer um tipo diferente de cafuné que eu tinha inventado.

– Onde já se viu fazer cafuné na pontinha da orelha e no cotovelo, menina?

Quando eu parava, ela dizia que era a vez dela, e aquele cafuné inventado sempre terminava em cócegas e risadas.

De vez em quando, ela lia alto uma questão mais difícil das palavras cruzadas, como se eu pudesse ajudá-la.
Eu dava de ombros e esticava o olhar pela janela, mergulhando-o na lua. Antes de dormir e de deixar que ela me levasse para cama, terminava o meu dia com uma bênção e um beijo de vó.

CRIS MAZOLLA nasceu em Curitiba, no dia 24 de abril de 1967. Nesse dia, a enfermeira a entregou para seu pai e disse: "Nasceu uma linda delegada!". Mas Cris nunca pensou em fazer Direito, porque o pai Ruy era delegado e a mãe Marta é advogada. Cris achava que já tinha muita gente "direita" em casa. Preferiu fazer Arte e foi professora por muitos anos. Depois foi coordenadora e diretora de escola. Mesmo nessas funções, a Arte sempre fez parte do seu cotidiano. Então Cris estudou Arteterapia por entender que a Arte pode ajudar as pessoas a serem mais felizes. Hoje atua como arteterapeuta clínica em seu Ateliê Accordare, onde também promove vivências e cursos. Neste livro, Cris voltou no tempo, relembrando um dia da sua infância na casa da avó, mas acrescentou a cachorrinha Vivi, que hoje a acompanha.

CRIS ALHADEFF é formada em Desenho Industrial pela Escola de Belas Artes (UFRJ) e é especialista em Literatura Infantil e Juvenil. Ilustrou seu primeiro livro em 2010 e hoje são mais de sessenta títulos com seus traços e cores. Tem publicações no prestigiado Catálogo de Bolonha e teve obras selecionadas para os programas PNBE, PNAIC e PNLD, além de ter recebido diversos prêmios, como o Cátedra da Unesco. Participou como convidada de alguns dos eventos literários mais importantes do Brasil: Fliporto, Feira do Livro de Porto Alegre, Salão FNLIJ para Crianças e Jovens, LER – Salão Carioca do Livro, Bienal do Rio, Bienal do Ceará, Festival de Ilustração de Fortaleza, Projeto Literatura Viva, entre outros. Além de se dedicar às ilustrações, também cria estampas para moda, decoração e papelaria e dá oficinas de ilustração. Entre suas técnicas favoritas estão os lápis de cor, colagem digital e aquarela.
Site: crisalhadeff.com | Instagram @crisalhadeff